LE PETIT
DODOPHOBE

SÉVERINE VIDAL   LYNDA CORAZZA

Faire semblant de n'avoir rien compris à l'histoire
(mais alors rien du tout),
pour que maman recommence à zéro.

Leçon n° 2

Applaudir et **en faire** (légèrement) **trop !**

Leçon
nº 3

Réclamer
un verre d'eau.

Le boire tout doucement.
Et même encore plus
doucement que ça.

Dire : « J'ai une petite faim, moi »
(même si c'est pas vrai et qu'on a repris
du dessert trois fois juste avant).

Retourner se brosser les dents,
du coup.

Leçon nº 7

Se **relever** pour allumer la veilleuse.

Faire des ombres chinoises,
faire exprès de les rater et dire :
« À toi maintenant : t'es le plus fort à ce jeu. »

Dire : **« J'ai peur.**
Y'a un bruit
dans ma chambre. »

Leçon
nº 10

Inventer des tas de raisons d'avoir peur, en vrac :
« J'ai peur des loups du placard,
des truites sous mon lit, du voisin bizarre,
de toi en monstre aux yeux jaunes
dans mon cauchemar d'hier.
Et puis des filles et de la guerre.»

Leçon
nº 11

Regarder partout dans la pièce avec papa, en disant : « Comme par hasard, quand c'est toi, y'a plus personne. »

Leçon n° 12

Exiger un câlin. Et puis un autre plus long.

Poser des questions débiles comme :
« Les étoiles, est-ce que ça va à l'école ? »
ou « T'aimes mieux mâcher du côté gauche
ou du côté droit ? Hein ? » ou encore
« T'aurais bien aimé être une mouche ? »

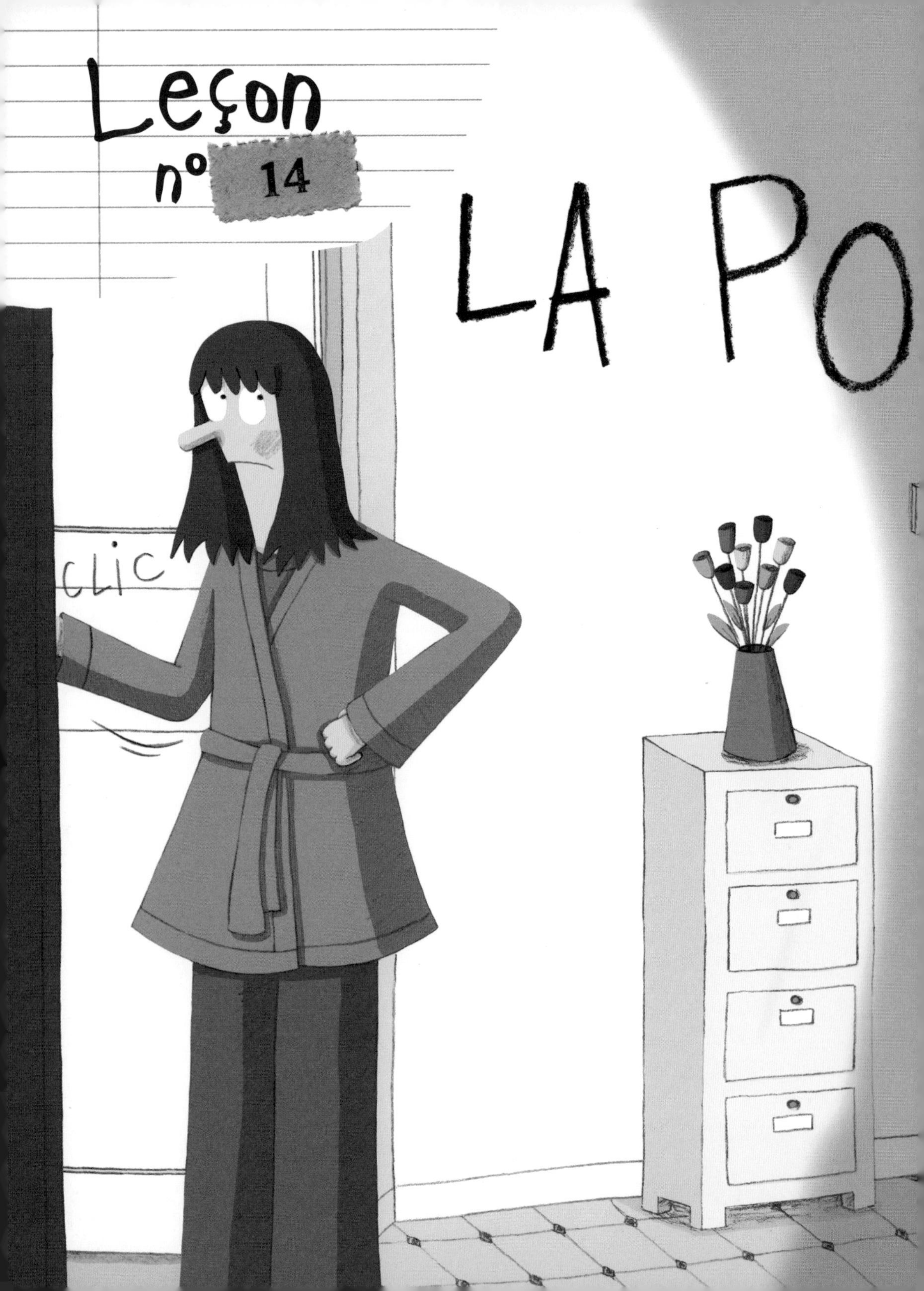
Leçon
n° 14
LA PO
CLIC

Demander qu'on laisse
la porte ouverte,
avec la lumière
de la salle de bain allumée.

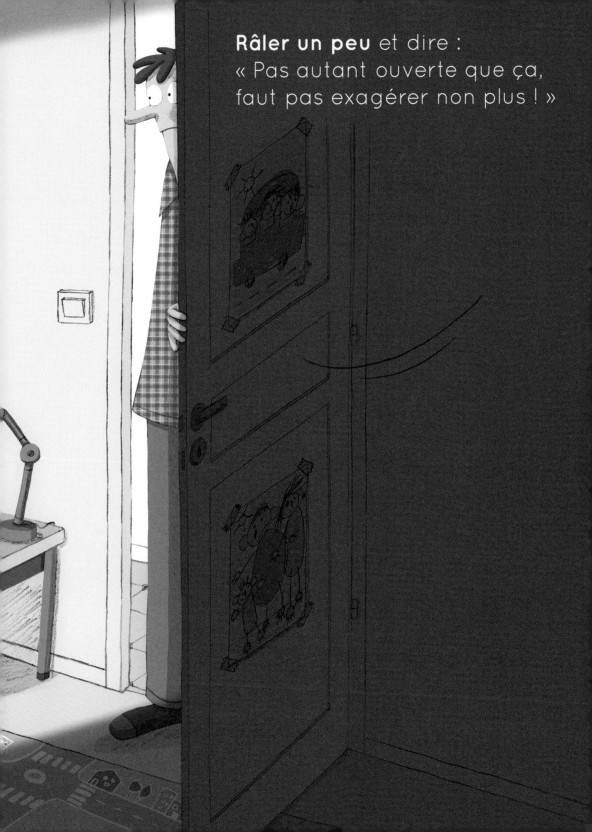

Râler un peu et dire :
« Pas autant ouverte que ça,
faut pas exagérer non plus ! »

Crier : « Vous me dérangez
à discuter tous les deux
dans le salon !
Je veux dormir, moi ! »

Leçon
n° 17

Se mêler de la discussion
des parents, dire par exemple :
« De quoi vous parlez ?
De politique ? »

Leçon nº 18

Dire : « Vous venez me dire bonne nuit, une dernière fois ? »

Demander LA phrase en entier et la faire répéter
si l'adulte en oublie un bout :
« Bonne nuit, chaton farci, soleil de mes nuits ,
crabe à roulette, vieille ciboulette. »

Cacher son doudou sous l'oreiller
et faire semblant de le chercher. Partout !
En rajouter un peu : « Je ne dormirai pas
tant qu'on l'aura pas retrouvé. »

Leçon nº 21

Demander le début
de l'histoire de demain.

L'écouter.
Tranquillement.

Leçon
n° 23

Ouvrir un œil de temps en temps pour **surveiller papa.**

Leçon n° 24

Attendre...

Zzz

Leçon n° 25

Vérifier en tirant sur ses poils de nez.

Filer au salon et dire à maman :
« Ça y est, j'ai réussi : il dort ! »

Leçon
n° 27

Trouver la leçon numéro 28.

VITE !

Séverine Vidal